VENTE

du Lundi 28 Mars 1904

HOTEL DROUOT, SALLE N° 1

À DEUX HEURES

TABLEAUX

Anciens & Modernes

OBJETS D'ART

Bronzes & Porcelaines

TAPISSERIES

Mᵉ Georges BONNAUD

COMMISSAIRE-PRISEUR

23, rue Le Peletier

M. WILLIAMSON

EXPERT

Passage de l'Opéra

Paris. — Imp. P. CHAIFOUR

J. ... rue Milton

TABLEAUX

ANCIENS & MODERNES

Objets d'Art

Bronzes et Porcelaines

Tapisseries

CONDITIONS DE LA VENTE

La vente sera faite au comptant.

Les acquéreurs paieront *dix pour cent* en sus des prix d'adjudication.

L'Exposition mettant le public à même de se rendre compte de l'état des objets, aucune réclamation ne sera admise une fois l'adjudication prononcée.

Paris. — Imp. C. Chaudour, 8-10, rue Milton.

CATALOGUE

DES

Tableaux Anciens & Modernes

DE DIVERSES ÉCOLES

OBJETS D'ART

Porcelaines de Sèvres et autres

BRONZES DES XVIIIᵉ & XIXᵉ SIÈCLES

Anciennes Curiosités de l'Extrême-Orient

DONT LA VENTE AURA LIEU A PARIS

HOTEL DROUOT - SALLE Nº 1

Le Lundi 28 Mars 1904 à 2 heures

COMMISSAIRE-PRISEUR	EXPERT
M. Georges BONNAUD	**M. WILLIAMSON**
23, rue Le Peletier	*3, quai d'Anjou*

EXPOSITION

Le Dimanche 27 Mars 1904, de deux heures à cinq heures

DÉSIGNATION

TABLEAUX ANCIENS

ÉCOLE ESPAGNOLE

MURILLO

(ÉCOLE DE ESTEBAN)

1. — *Sainte-Cécile.*

Debout, en extase. vêtue de bleu.

Toile, Haut. : 0m87. Larg. : 0m65.
Cadre de l'époque de Louis XVI en bois sculpté et doré.

ÉCOLES FLAMANDE ET HOLLANDAISE

MIERIS
(FRANZ VAN)

2. — *Les bulles de savon.*

Dans l'encadrement d'une fenêtre, un jeune garçor, sous les
yeux de sa mère, souffle des bulles de savon. Tout autour, pam-
pres, vase de fleurs et cage d'oiseaux.

Toile. Haut. 0m24. Larg. 0m1ç.
Signé en bas à gauche, entre les moulures : *F. Mieris.*

POELENBURG
(CORNEILLE VAN)

3. — *Diane.*

La déesse est couchée dans un paysage boisé; à l'arrière-plan,
nymphes et satyres dans une pièce d'eau.

Panneau. Haut. : 0m20. Larg. : 0m27.

REMBRANDT VAN RYN
(attribué à)

4. — *L'Enfouissement.*

Panneau. Haut. : 0m36. Larg. : 0m23.
Signé : *Rembrant pinct.*

RUBENS

(ÉCOLE DE PIERRE-PAUL)

5. — *Le Couronnement.*

Toile. Haut. : 1m90. Larg. : 1m43.

TENIERS

(attribué à DAVID)

6. — *Scène de cabaret.*

Deux fumeurs sont attablés au premier plan; au fond, deux autres personnages.

Panneau sous verre.
Haut. : 0m35. Larg. : 0m45.

ECOLE FLAMANDE

(XVIe SIÈCLE)

7. — *Kermesse.*

Sous une tonnelle, devant un château, on festoie, pendant que des groupes se promènent en bateau, et que des musiciens et des danseurs égaient la pelouse. Fond de paysage montagneux.

Panneau sous verre.
Haut. : 0m29. Larg. : 0m43.

ÉCOLE FLAMANDE
(XVIᵉ SIÈCLE)

8. — *Nature morte.*

Ustensiles de table, gâteaux, glace et citrons.

Panneau. Haut. : 0m33. Larg. 0m48.
Monogramme D. B.

ÉCOLE FRANÇAISE

GÉRARD
(Attribué au BARON FRANÇOIS)

9. — *Mme de Stael.*

Portrait à mi-jambes de l'auteur de Corinne, vue de face, assise, le cou et les bras nus, vêtue d'une robe brune que recouvre une écharpe de gaze passementée d'or. Dans le fond, les feux du Vésuve.

Toile. Haut. : 1m. Larg : 0m80. (Un accroc à la toile, en bas.)

HUBERT-ROBERT
(d'après)

10. — Deux panneaux décoratifs, formant pendants, à sujets de paysages animés, cascades, monuments ruinés.

Toile. Haut. : 2m40. Larg. : 1m05.

II. — NATTIER

NATTIER

(JEAN-MARC)

11. — *Cérès.*

Portrait présumé de Mme Adélaïde de France, fille de Louis XV.

La déesse, assise sous un chêne, au bord d'un champ de blé, s'appuie du bras gauche sur des gerbes et tient une faucille de la main droite. Vêtue de linon rayé, que recouvre une draperie de soie bleue, elle est vue de trois quarts à gauche, les cheveux poudrés et encadrés d'un diadème d'épis de blé. Un collier de grosses perles descend jusqu'à sa poitrine.

Tableau d'un puissant effet décoratif.

Toile de forme chantournée (rentoilage).

Haut. : 1m05. Larg. : 1m20.

Cadre de l'époque de Louis XV en bois sculpté et doré.

VALLIN

12. — *Murat.*

Portrait en pied du roi de Naples, debout, vu de face, au bord de
la mer. Revêtu d'un costume de cérémonie noir, l'habit orné de
décorations, il porte la culotte courte, des souliers à boucle, et
tient d'une main une rose, de l'autre un chapeau à plumes, jeté
sous le bras. A l'horizon, le Vésuve et le phare d'entrée du port.

Toile. Haut.: 2m10. Larg.: 1m28.

Signé en bas, à gauche: *Vallin, 1807.*

Œuvre capitale du maitre.

Ce portrait a figuré à l'Exposition Centennale de l'Art Français en
1889, sous le n° 638.

12 — VALLIN.

ÉCOLE FRANÇAISE

(XVIIIᵉ SIÈCLE)

13. — Dessus de porte. Sujet: *Seigneur et dame dans un parc.*

Panneau. Haut. : 0ᵐ48. Larg. : 1ᵐ.
Cadre en bois sculpté et peint en gris.

ÉCOLE ITALIENNE

AMICONI

(Attribué à JACQUES)

14. — *Sainte Anne.*

La sainte est en extase, les mains jointes, les yeux au ciel; une draperie bleue recouvre son voile.

Toile. Haut. : 0ᵐ42. Larg. : 0ᵐ37.

PANINI

(JEAN-PAUL)

15. — *Saint-Pierre de Rome.*

Le monument est vu de face en entier, avec les galeries du pour-
tour de la place, où circulent de nombreux passants, ainsi qu'un
cortège de carrosses, seigneurs et dames de qualité.

Toile. Haut. : 0^{m}60. Larg. : 1^{m}30.

15 — PANINI JEAN-PAUL

RAPHAEL-SANZIO

(D'après)

16. — *Saint Michel terrassant le dragon.*

> Reproduction, avec variante, du tableau appartenant au Musée du Louvre.
>
> Toile. Haut.: 2ᵐ70. Larg. : 1ᵐ55.
>
> Cadre en bois sculpté et doré.
>
> Copie ancienne.

VÉRONÈSE

(Attribué à PAUL)

17. — *Le Génie de la Peinture.*

> Toile. Haut. : 1ᵐ13. Larg.: 1ᵐ43.
>
> Cadre de l'époque de Louis XV en bois sculpté et doré.

ÉCOLE ITALIENNE

(XVIᵉ SIÈCLE)

18. — *Sainte.*

Elle est vue de trois-quarts, à mi-corps.

> Cuivre. Haut.: 0ᵐ28. Larg. : 0ᵐ23.
>
> Cadre en bois sculpté noir et or.

TABLEAUX MODERNES

ÉCOLE ALLEMANDE

EBERT
(A.)

19. — *Hallebardier huguenot.*

Toile. Haut. : 0m65. Larg. : 0m54.
Signé en haut, à droite : *A. Ebert.*

ÉCOLE FRANÇAISE

BASTIEN LEPAGE
(JULES)

20. — *Tête de jeune garçon.*

Etude au crayon noir.

BOUDIN
(EUGÈNE)

21. — *Carrières Saint-Denis.*

Sous le beau ciel de Septembre, les minutieuses maisons du
village escaladent le coteau, qu'un rideau d'arbres sépare du champ
de choux qui remplit le premier plan et qu'animent quelques
paysans.

Toile. Haut. : 0m19; Larg. : 0m27.

BROWN

(JOHN LEWIS)

22. — *Cavalier Louis XV.*

Panneau. Haut. : 0ᵐ09; Larg. : 0ᵐ07.
Signé en bas : *John Lewis Brown.*

BROWN

(JOHN LEWIS)

23. — *La Promenade de Sa Majesté.*

La Reine Victoria est assise dans un duc attelé de quatre chevaux bais, conduits à la Daumont; à ses côtés, Albert, Prince Consort.

Carton. Haut. : 0ᵐ24; Larg. : 0ᵐ59.

En haut, se lit l'inscription suivante : *A son ami Gaçogne, John Lewis Brown 56.*

CASANOVA Y ESTORACH

(ANTONIO)

24. — *Le Bréviaire.*

Cardinal et moine à table.

Toile. Haut. : 0ᵐ21; Larg. : 0ᵐ28.
Cachet de la vente.

DE CAULA

(A.)

25. — *Les Docks de Bordeaux.*

Toile. Haut. o^m59; Larg : o^m48.

Signé en bas, à gauche : *A. de Caula.*

DE CAULA

(A.)

26. — *L'Escadre française à Villagarcia.*

Panneau. Haut. : om14; Larg. : om36.

Signé en bas, à gauche : *A. de Caula 1901.*

DE CAULA

(A.)

27. — *La Rade du Ferrol.*

Toile. Haut. : o^m19; Larg : o^m26.

Signé en bas, à gauche : *A. de Caula 1901.*

CHAPLIN

(CHARLES)

28. — *Portrait de Mme X...*

Vieille dame en buste, vue de face, coiffée en bandeaux plats; bonnet blanc à tour de tête et à nœud de ruban.

Toile, forme ovale. Haut. : 0"27; Larg. : 0"22.
Signé à droite, en bas : *Ch. Chaplin 1855.*

CHAPLIN
(CHARLES)

29. — *Portrait.*

Jeune femme brune, vue à mi-corps, de profil à droite, décolletée, robe légère bleu clair et draperie de gaze.

Toile sous verre, forme ovale. Haut. : 0m75; Larg. : 0m62.
Signé : *Ch. Chaplin* 1852.

20. — CHAPLIN

CLARY

(EUGÈNE)

3o. — *Village picard.*

Maisons rustiques entourées de maigres broussailles; à droite, un château; au loin, la mer.

Toile. Haut. : 0^{m}46; Larg. : 0^{m}65.
Signé à droite, en bas : *E. Clary*.

CINOT

(FRANK)

3i. — *Eclaireurs français* 1870-1871.

Panneau. Haut. : 0^{m}49. Larg. : 0^{m}60.
Signé à droite *Frank Cinot*.

COURBET

(Attr. à GUSTAVE)

32. — *Falaises.*

Une eau dormante entoure des rochers élevés et abrupts, que couronnent quelques arbres et une église de village.

Toile. Haut. : 0^{m}52. Larg. : 0^{m}65.

COURBET

(GUSTAVE)

3S. — *La Grotte.*

> Toile. Haut. : 0m63. Larg. : 0m78.
> Signé en bas, à gauche : *G. Courbe*.

DAJOU

34. — *Cavaliers Louis XIII* jouant aux cartes dans un caba-
ret. Deux pendants.

> Toiles. Haut. : 0m26. Larg. : 0m34.
> Signés en bas : *Dajou 1874.*

DAMERON

(ÉMILE)

35. — *Bois de la Malmaison.*

Au bord de l'étang de Saint-Cucufa, une dame se promène, accom-
pagnée d'un chien danois, dans une charrette anglaise.

> Toile. Haut. : 1m45. Larg. 2m20.
> Signé à gauche : *E. Dameron 1889*

DAUBIGNY

(CHARLES)

36. — *Les Graves de Villerville. Paysage.*

Sur un gras pâturage normand, trois chevaux en liberté paissent
à l'ombre des arbres courbés sous le vent du large.

Esquisse très poussée.

Toile. Haut. : 0m56. Larg. : 1m17.

Signé à droite, dans le terrain : *Daubigny.*

DAUBIGNY

(CHARLES)

37. — *Bords de l'Oise.*

Au premier plan coule la tranquille rivière, au delà de laquelle s'étage un coteau aux beaux arbres verdoyants, couronné des maisons éparses d'un village éclairé par un jour crépusculaire.

Panneau. Haut. : 0ᵐ42. Larg. 0ᵐ60.

Signé en bas, à droite : *Daubigny.*

38. — DECAMPS

DECAMPS

(GABRIEL)

38. — *Le Chasseur*.

Il s'éloigne, vu de dos, le fusil sur l'épaule, la gibecière en bandoulière, coiffé d'un chapeau mou et chaussé de hautes guêtres.

Panneau. Haut. : 0m 55. Larg. : 0m 40.

Signé à gauche, en bas : *D. C.*

DELACROIX

(Attribué à EUGÈNE)

39. — *Les Chercheurs d'or.*

Dans un placer sauvage, au milieu de rochers, des hommes luttent désespérément pour la possession des pépites.

Toile. Haut. : 0m15. Larg. : 0m22.

DELPY

(CAMILLE)

40. -- *Les Lavandières.*

Paysage représentant des bords de rivière au soleil couchant. A droite, au premier plan, deux laveuses sous des arbres. A gauche, la rivière, où apparaissent çà et là des touffes d'herbes et de roseaux.

Toile. Haut. : 0m64. Larg. : 1m15.
Signé : *Delpy 1873.*

DELPY

(CAMILLE)

41. — *Embouchure de la Meuse.*

Un moulin à vent, autour duquel volète une nuée de pigeons, s'élève sur le bord de la Meuse, au milieu d'humbles maisons qu'il domine.

Panneau. Haut. : 0m35. Larg. : 0m55.
Signé à droite, en bas : *H.-C. Delpy.*

DIAZ

(NARCISSE)

(D'après F. BOUCHER)

42. — *Diane au bain.* Etude.

Panneau. Haut. : 0m14. Larg. : 0m18.
Signé en bas, à droite : N. D.

DIAZ

(Attribué à NARCISSE)

43. — *Bouquet de fleurs.*

Panneau. Haut. : 0m22. Larg. : 0m34.
Signé en bas à droite : *Diaz.*

DUPATY

(D. P.)

44. — *Halte d'infanterie.*

Panneau. Haut. : 0m45. Larg. : 0m54.
Signé : *D.-P. Du Paty.*

DUPRÉ
(VICTOR)

45. — *Paysage.*

Pont sur une petite rivière et bestiaux.

Panneau. Haut. : 0m15. Larg. : 0m24.
Signé à droite en bas : *Victor Dupré, 1853.*

FASSIER
(CHARLES)

46. — *La Vague.*

Aquarelle.

FASSIER
(CHARLES)

47. — *Saint-Pair, près Granville.*

Aquarelle.

FOY
(ANNA)

48. *Saint-Martin.*

Toile. Haut. : 1m18. Larg. : 0m97.
Signé à gauche, en bas : *Anna Foy, 1844..*

GUDIN

49-50. — *Le Matin et le Soir.* Marines.

Panneaux. Haut. 0m12. Larg. : 0m21.
Signés à gauche : *H. Gudin.*

GUDIN

51. — *Soleil levant.* Marine.

Toile. Haut. : 0m40. Larg. : 0m50.
Signé à droite : *H. Gudin.*

HENNER

(JEAN-JACQUES)

52 - - *La Vérité*.

Femme nue vue de dos, appuyée contre la margelle d'un puits,
sur fond de paysage boisé.

Carton. Haut. : 0m25. Larg. : 0m18.
Signé : J. HENNER.

52. — HENNER

53 — HUMBERT (FRÉDÉRIC

HUMBERT

(Attribué à FRÉDÉRIC)

53 — *Portrait de Gustave Humbert.*

Le haut magistrat, dans son costume officiel de Premier Président de la Cour des Comptes, revêtu du manteau d'hermine, est vu de trois quarts à gauche, assis à son bureau.

Toile. Haut. : 1^m97. Larg. : 1^m37.

LAMBERT

(EUGÈNE)

54 — *Chatte.*

Elle joue avec ses petits, sur un fond de draperie verte.

Toile. Haut. : 0m33. Larg. : 0m22.
Signé en bas, à droite : *L.-Eug. Lambert.*

LAMBERT

(EUGÈNE)

55 — *Les Ânes.*

Marché de village : deux ânes à la porte d'un barbier.

Toile. Haut. : 0m60. Larg. : 0m87.
Signé en bas, à gauche : *Eug. Lambert 1861.*

LANÇON

(AUGUSTE)

56 — *Lion.* Etude.

Il est couché, la tête droite, vue de face.

Toile. Haut. : 0m32. Larg. : 0m38.
Signé à droite, en bas : *A. Lançon.*

LUCET

57-58 — *Saint-Valéry-en-Caux et Berck.*

Deux tableaux en pendants.

Toiles. Haut. : 0m53. Larg. : 0m63.
Signés en bas : *Lucet*.

MAZARD

(ALPHONSE)

59 — *La Mare aux Fées.*

Marais et fougères dans 'a forêt de Fontainebleau.

Pastel sous verre.
Haut. : 0m46. Larg. : 0m70
Signé à gauche, en bas : *A. Mazard, 1895*

MEISSONIER

(ERNEST)

60 — *Mousquetaire Louis XIII en visite.*

Aquarelle.
Haut. : 0m16. Larg. : 0m11.
Signé du monogramme à droite.
Cachet de la vente de 1893.

MONTICELLI
(ADOLPHE)

61 — *La Surprise.*

Panneau. Haut. : 0^m29. Larg. : 0^m21.
Signé en bas, à droite : *Monticelli.*

ORTEGO

62-63 — *Toréadors.*

Deux tableaux en pendants.
Panneaux. Haut. : 0^m26. Larg. : 0^m19.
Signés en bas, à gauche : *Ortego, 1878.*

RIBOT
(THÉODULE)

64 — *Moine.*

Toile. Haut. : 0^m40. Larg. : 0^m32.
Signé en bas, à droite : *T. Ribot.*

ROSIER
(JEAN)

65. — *Tête de jeune fille.* Étude.

Panneau. Haut. : 0^m22. Larg. : 0^m15.
Signé en haut, à droite. *J. Rosier 83.*

ROYBET

(FERDINAND)

66. — *Nature morte.*

Sur un fond de draperie rouge se détachent d'anciennes orfè-
vreries et un vase en porcelaine bleue au long col.

Panneau. Haut. : 0m37. Larg. : 0m45.

SABATTIER

(L.)

67. — *Marine.*

Barque de pêche.

Toile. Haut. : 0m33. Larg. : 0m23.
Signé en bas, à gauche : *L. Sabattier 89*

SABATTIER

(L.)

68-69. — *L'Enlèvement.*

Cavalier Louis XV venant chercher une jeune femme à la petite
porte d'un parc.

— *En Route.*

Les mêmes personnages devant une auberge de village, où des
soldats boivent sous la tonnelle.

Deux pendants. Toiles. Haut. : 0m36. Larg. : 0m44.

SORTAIS

(G.)

70-71. — *Attributs de chasse.*

Deux tableaux décoratifs en pendants.

Toiles. Haut. : 0m98. Larg. : 0m64.
Signé en bas: *G. Sortais.*

SORTAIS

(G.)

72. — *Cour intérieure.*

Soubrette et pigeons.

Toile. Haut. 0m37. Larg. : 0m32.
Signé en bas, à gauche : *G. Sortais.*

TOFANO

(ÉDOUARD)

73. — *Page florentin.*

L'enfant est vu de face, en buste, la chevelure blonde éparse sous un bonnet de velours noir ; le torse s'enveloppe d'une écharpe rouge.

Toile. Haut. : 0m51. Larg. : 0m35.
Signé à gauche, en haut : *E. Tofano.*

TROUILLEBERT
(PAUL DÉSIRÉ)

74. — *La Varenne Saint-Hilaire*.

Au milieu des îles verdoyantes, un marinier coiffé d'un béret rouge, pousse son bachot à la gaffe le long des bords herbeux de la Marne.

Toile. Haut. : 0^{m}55. Larg. : 0^{m}47.

WASHINGTON
(GEORGES)

75. — *Arabes à la source*.

Sous un ciel lumineux, des cavaliers arabes s'approchent d'une mare, qu'ombrage un arbre élevé. Au fond, contreforts bleuâtre des montagnes.

Toile. Haut. : 0^{m}60. Larg. : 0^{m}47.
Signé à gauche, en bas : G. Washingto .

WILLEMS
(HENRI CHARLES)

76. — *La Réception*.

Un cavalier est accueilli par une jeune femme au seuil d'un salon où l'on fait de la musique.

Panneau. Haut. : 0^{m}32. Larg. : 0^{m}32.
Signé à droite, en bas : *Willems d'après **Terburgh***.

ECOLE FRANÇAISE
XIXᵉ Siècle

77. — *Tête de nègre.* Etude.

Panneau. Haut. : 0ᵐ14. Larg. : 0ᵐ10.

ECOLE FRANÇAISE
XIXᵉ Siècle

78. — *La Danse.*

Satyre et nymphes.

Toile. Haut. : 0ᵐ45. Larg. : 1ᵐ10.
Dessus de porte.

ECOLE HOLLANDAISE
HULK
(H.)

79-80. — *Marines.* Deux tableaux en pendants.

Bateaux de pêche sur les côtes de la Hollande.

Toiles. Haut. : 0ᵐ17. Larg. : 0ᵐ29.
Signés en bas, à gauche : *H. Hulk.*

KUYPERS

(JAN)

81. — *Guignol aux Pays-Bas.*

Dans une ville de Hollande, sur une avenue ombreuse, s'élève une tente qui sert de théâtre à une représentation de marionnettes. Passants nombreux et marchands forains.

Toile. Haut. : 0ᵐ36. Larg. : 0ᵐ25.

Signé en bas, à droite : *Jan Kuypers ft.*

ORFÈVRERIE

82. —- Cafetière de l'époque de l'Empire en argent ciselé.

Haut. : 0"20.

83. — Porte-huilier en argent ciselé, de l'époque de Louis XV, travail allemand.

84. — Tabatière de l'époque de Louis XV en argent ciselé et gravé, sujets à jeux d'enfants.

Long. : 0"06.

BRONZES

85. — Pendule de l'époque de la Restauration, en bronze ciselé et doré, représentant une fileuse assise ; piédestal surmonté d'une coupe.

Haut. : 0"27.

86. — Paire de flambeaux de l'époque de Louis XVI en bronze ciselé et doré, forme trépied, vases à flammes, socle en marbre griotte.

Haut. : 0"31.

87. — Paire de flambeaux de l'époque de Louis XVI, en bronze ciselé et doré.

Haut. : 0"29.

88. — Pendule à colonnettes de la fin de l'époque de Louis XVI, en bronze ciselé et doré, sur socle en marbre blanc.

Haut. : 0"36.

89. — Paire de bras d'applique de l'époque de l'Empire, à deux lumières, en bronze ciselé, patiné en vert et doré.

Larg. : 0^m18.

90. — Groupe de bacchante et jeune faune, en bronze patiné, signé CLODION.

Haut. : 0^m27.

91. — Paire de candélabres de style Louis XV : enfants assis, d'après CLODION, en bronze patiné, supportant chacun un bouquet de sept lumières en bronze ciselé et doré, socle rond.

Haut. : 1^m10.

92. — Garniture de cheminée de style Louis XVI en bronze ciselé et doré et marbre noir, composée d'une pendule à sujet de bacchantes, d'après CLODION et de deux candélabres en forme d'amphores à guirlandes et médaillons, surmontés de bouquets à six lumières.

Haut. : 0^m80.

PORCELAINES

93. — Buire de l'époque de Louis XV en porcelaine dite à la Reine, décor bleu et or et fleurs détachées, monture en vermeil ciselé portant la marque de Regnard.

Haut. : o^m26.

94. — Série de quatre statuettes, symbolisant les éléments, en porcelaine blanche à rehauts d'or, portant la marque de la fabrique de Hochst.

Haut. : o^m26.

95. — Sucrière à plateau et couvercle, en porcelaine française de l'époque de Louis XVI, pâte dure, décor de bouquets de fleurs, filets dorés.

Haut. : o^m15.

96. — Six assiettes en porcelaine de la Courtille, pâte dure, de l'époque de Louis XVI, décor de bouquets de fleurs, filets dorés.

97. -— Service à café en porcelaine française de l'époque de la Restauration. fond d'or, réserves de paysages, composé de :

2 Cafetières,
1 Sucrier,
1 Pot à lait,
1 Bol,
10 Tasses,
10 Soucoupes,

(Quelques pièces endommagées).

98. -— Paire de vases, forme balustre, avec couvercle, en porcelaine flammée bleu de Sèvres 1882, filets dorés.

Haut. : 0m19.

99. — Vase octogone, avec couvercle, en porcelaine flammée rouge de Sèvres 1883, filets dorés.

Haut. : 0m18.

100. -— Buste de Gambetta par FALGUIÈRE, en biscuit de Sèvres 1888.

Haut. : 0m27.

101. — Buste de Madame Dubarry par Pajou, en biscuit de Sèvres 1892, sur socle en porcelaine de Sèvres bleue, à filets dorés.

Haut. : o^m3o.

102. — Paire de statuettes en biscuit de Sèvres 1888, Amour et Nymphe, d'après Falconet, sur socle en porcelaine de Sèvres bleue, à filets dorés.

Haut. : o^m31.

103. — Statuette, Madame Dubarry lisant un rôle de tragédie, en biscuit de Sèvres 1886, d'après Leriche 1774.

Haut. : o^m24.

TAPISSERIES

104-105. — Deux portières en tapisserie fabriquée dans les
Flandres au xvie siècle, à grands personnages.

Haut. : 2^m40. Larg. : 0^m90.

106. — Tapisserie verdure fabriquée dans les Flandres au
xviie siècle. Sujet de chasse. Au premier plan, un chien
tenant dans sa gueule un canard, tandis que derrière lui
un berger joue du chalumeau en surveillant ses moutons.
Bordure à guirlandes de fleurs et de fruits.

Haut. : 2^m90. Larg. : 3^m35.

107. — Fauteuil de l'époque de la **Régence** en noyer sculpté,
couvert en tapisserie au petit point de facture moderne.

MEUBLES ET DIVERS

108. — Table de milieu de style Renaissance, en bois sculpté, pieds à patines et à volutes.

> Long. : 1^m30.

109. — Meuble italien, de fabrication moderne, en chêne sculpté et doré, incrusté de scènes et d'ornements en os. composé de :

> 1 Table à jeu,
> 1 Table de milieu,
> 2 Gaines,
> 4 Chaises, couvertes en cuir gaufré.

110. — Glace à biseaux, entourée d'un cadre en bois sculpté et doré, style Louis XIV.

> Haut. : 1^m5o.

111. — Écritoire de l'époque de l'Empire, forme carrée, en thuya, ornée de bronzes ciselés et dorés symbolisant la littérature; un tiroir et quatre godets.

> Longueur. 0^m13.

112. — Cadre en pierre d'Alsace sculptée, sujet amours dans des feuillages, entourant une glace ovale biseautée.

Haut. : o^m40. Larg. : o^m38.

113. — Feuille d'éventail représentant l'Espagne à travers les âges.

Aquarelle.
Signé : Wssel, 87.
Haut. : o^m25. Larg. : o^m75.

114 — Série de curiosités de la Chine en bronze ciselé et en bois sculpté, provenant d'un palais de Pékin (Expédition de 1902). Dix-huit pièces.

Ce lot sera divisé.

115 — Lot de porcelaines de la Chine et du Japon.

Ce lot sera divisé.

116 — Sous ce numéro seront mis en vente, s'il y a lieu, les objets omis au catalogue.

www.ingramcontent.com/pod-product-compliance
Ingram Content Group UK Ltd.
Pitfield, Milton Keynes, MK11 3LW, UK
UKHW022117170726
13837UKWH00003B/1229